LESEABENTEUER FÜR DIE ERSTE KLASSE

LAUREN CLEARWELL

EINFÜHRUNG

Willkommen, Entdecker!

Bist du bereit für lustige Abenteuer?

Auf diesen Seiten findest du 11 geheime Geschichten mit Kindern genau wie dir.

Du wirst Kinder kennenlernen, die überall um sich herum Rätsel entdecken.

Wie lösen sie die Rätsel?

Sie schauen genau hin.

Sie stellen gute Fragen.

Sie probieren neue Ideen aus, auch wenn sie nicht beim ersten Mal klappen.

Lass uns mit unserer ersten Geschichte anfangen! Schlag die Seite um.

TEIL I

DIE WETTERBEOBACHTER UND DIE STURMÜBERRASCHUNG

1

———

Draußen grollte der Donner. Die Zwillinge Emma und Ethan drückten ihre Gesichter gegen das Klassenzimmerfenster. Dunkle Wolken wirbelten über dem Spielplatz.

»Die Pause fällt schon wieder aus«, seufzte Emma. »Das ist schon der dritte Tag diese Woche!«

Ihr Lehrer, Mr. Kim, sah auch traurig aus. »Ich wünschte, wir könnten diese Nachmittagsgewitter besser vorhersagen. Dann könnten wir stattdessen die Aktivitäten im Freien für den Vormittag planen.«

Ethans Augen leuchteten auf. »Was, wenn wir helfen könnten, das Wetter vorherzusagen?«

»Wie denn?«, fragte Emma.

»Wir könnten Wetterbeobachter sein!«, sagte Ethan. »Wir wohnen direkt neben der Schule. Wir könnten jeden Morgen das Wetter überprüfen und Mr. Kim sagen, was wir sehen.«

Emma hüpfte auf ihrem Stuhl. »Wie die Wetteransager im Fernsehen!«

Mr. Kim hörte ihr Gespräch mit. »Das ist eine tolle Idee! Wetterbeobachtung ist echte Wissenschaft. Aber ihr müsstet jeden Tag die gleichen Dinge überprüfen, um Muster zu erkennen.«

»Was für Dinge?«, fragte Emma.

»Temperatur, Wolken und Wind«, sagte Mr. Kim. »Und ihr bräuchtet eine Möglichkeit, eure Beobachtungen festzuhalten.«

»Wir könnten eine Wettertabelle machen!«, sagte Ethan.

Emma nickte. »Und wir könnten unserer ganzen Klasse helfen zu wissen, was sie jeden Tag erwartet!«

An diesem Nachmittag rannten die Zwillinge durch die Pfützen nach Hause. Ihre Köpfe schwirrten voller Pläne. Sie konnten es kaum erwarten, die offiziellen Gewitter-Späher der Schule zu werden.

2

Zuhause half Mama Emma und Ethan, ihre Sachen zusammenzusuchen. In der Garage fanden sie ein Außenthermometer. Und Papa zeigte ihnen, wie sie an der Fahne vom Nachbarhaus die Windrichtung ablesen konnten.

»Was ist mit den Wolken?«, sagte Emma. »Wie messen wir die Wolken?«

»Ihr könntet beschreiben, was ihr seht«, sagte Mama. »Sind es flauschige weiße Wolken oder dunkelgraue? Bedecken sie den ganzen Himmel oder nur einen Teil davon?«

Ethan schnappte sich seinen blauen Lieblingsstift. »Lass uns unsere Tabelle machen!«

Sie teilten einen großen Bogen Pappe in Spalten ein. Sie schrieben Datum, Temperatur, Wolken, Wind und Wettervorhersage. Unten fügten sie einen Abschnitt hinzu, der »Was tatsächlich passiert ist« hieß.

»Warum brauchen wir den letzten Teil?«, fragte Emma.

»Damit wir sehen können, ob unsere Vorhersagen stimmen«, sagte Ethan. »Echte Wetterbeobachter überprüfen, ob sie richtiglagen.«

Am nächsten Morgen waren die Zwillinge schon vor Sonnenaufgang wach. Sie konnten es kaum erwarten, ihre erste offizielle Wetterbeobachtung zu starten.

Draußen fühlte sich die Luft kühl und klar an. Das Thermometer zeigte 52 Grad an. Ein paar bauschige weiße Wolken tupften den strahlend blauen Himmel. Die Fahne hing ohne jeglichen Wind schlaff herunter.

»Perfekt!«, sagte Emma und füllte ihre Tabelle aus. »Das sieht nach einem wunderschönen Tag aus.«

»Sollen wir den ganzen Tag sonnig vorhersagen?«, fragte Ethan.

Emma sah sich um. »Die Wolken sind ganz klein und weiß. Ich glaube, es bleibt schön.«

In ihre Vorhersagespalte schrieben sie »Sonniger Tag«. Die Zwillinge machten sich früh auf den Weg zur Schule, um Mr. Kim Bericht zu erstatten.

3

———

Mr. Kim bereitete gerade das Klassenzimmer vor, als die Zwillinge zur Tür hereinstürmten.

»Wetterbericht!«, sagte Emma.

»Es sind 52 Grad, mit kleinen weißen Wolken und keinem Wind!«, fügte Ethan hinzu. »Wir sagen einen sonnigen Tag voraus. Das sollte perfekt für die Pause draußen sein!«

Mr. Kim lächelte. »Gute Arbeit, Wetter-Team. Mal sehen, ob eure Vorhersage zutrifft.«

Den ganzen Morgen lang schauten die Zwillinge immer wieder aus den Fenstern. Die kleinen weißen Wolken blieben klein und weiß. Die Sonne schien hell. Zur Pausenzeit machte Mr. Kim eine Durchsage.

»Dank unserer Wetterbeobachter, Emma und Ethan, wussten wir, dass dies ein perfekter Tag zum Draußenspielen sein würde!«

Die Klasse jubelte und stürmte auf den Pausenhof. Emma und Ethan waren stolz. Sie sahen ihren Klassenkameraden dabei zu, wie sie unter dem strahlend blauen Himmel Fußball spielten und am Klettergerüst turnten.

»Unsere erste Vorhersage war richtig!«, flüsterte Ethan.

Doch während sie spielten, bemerkte Emma, wie sich etwas veränderte. »Schau mal«, sie zeigte mit dem Finger. »Die Wolken dort werden größer und dunkler.«

Dunkelgraue Wolken türmten sich in der Ferne wie hohe Berge auf. Sie sahen ganz anders aus als die kleinen weißen Wölkchen, die sie am Morgen gesehen hatten.

»Sollen wir Mr. Kim Bescheid sagen?«, fragte Ethan.

»Lass uns erst mal weiter beobachten«, sagte Emma. »Vielleicht ziehen sie ja weg.«

Aber die Wolken wurden größer und dunkler. Zur Mittagszeit bedeckten sie den halben Himmel wie eine graue Decke.

Grummel. In der Ferne hallte Donner wider.

»Oh, oh«, sagten die Zwillinge gleichzeitig.

4

m Nachmittag prasselte der Regen gegen die Fenster des Klassenzimmers. Die Aktivität im Freien musste wieder nach drinnen verlegt werden.

»Das war's dann wohl mit unserer Vorhersage für einen sonnigen Tag«, sagte Emma traurig.

»Wir lagen falsch«, stimmte Ethan zu. »Ich finde es schade, dass die Kinder nach dem Mittagessen nicht draußen spielen konnten.«

Während der Stillarbeitszeit setzte sich Herr Kim zu ihnen. »Was meint ihr, wie eure Vorhersage gelaufen ist?«

»Furchtbar«, sagte Emma. »Wir haben den ganzen Tag Sonnenschein vorhergesagt, aber jetzt gibt es ein Gewitter.«

»Eigentlich«, sagte Herr Kim, »lagtet ihr mit dem Vormittag genau richtig. Ihr habt uns geholfen, eine tolle Pause im Freien zu haben.«

»Aber wir haben das Gewitter am Nachmittag nicht vorhergesagt«, warf Ethan ein.

»So lernen echte Wetterforscher«, erklärte Herr Kim. »Das Wetter ändert sich im Laufe des Tages. Die besten Wetterbeobachter überprüfen die Bedingungen mehrmals. Sie passen ihre Vorhersagen an.«

»Sie meinen, wir könnten das Wetter auch mittags überprüfen?«, fragte Emma.

»Ja! Was für Veränderungen sind euch denn heute aufgefallen?«

Die Zwillinge dachten nach. »Die Wolken wurden größer und dunkler«, sagte Emma.

»Und wir haben Donner gehört«, fügte Ethan hinzu.

»Das sind ausgezeichnete Warnzeichen für ein Gewitter«, sagte Herr Kim. »Ihr lernt, die Zeichen des Himmels zu deuten.«

An diesem Abend aktualisierten Emma und Ethan ihre Tabelle. In den Abschnitt »Was wirklich passiert ist« schrieben sie: »Sonniger Vormittag, gewittriger Nachmittag. Nächstes Mal auch mittags die Wolken überprüfen!«

»Morgen achten wir auf die dunklen Wolkenzeichen«, sagte Emma.

»Und lauschen auf den Donner«, stimmte Ethan zu.

Der nächste Morgen brachte ähnliche kleine weiße Wolken. Aber dieses Mal planten die Zwillinge, den Himmel zur Mittagszeit erneut zu überprüfen. Sie wollten bessere Wetterbeobachter werden. Sie würden ihrer Klasse helfen, überraschenden Gewittern einen Schritt voraus zu sein.

Das Wetter vorherzusagen war schwieriger, als sie gedacht hatten. Aber es war auch aufregender. Jeden Tag gab es neue Himmelsrätsel zu lösen.

Quest abgeschlossen!

Fragen zum Nachdenken:

1. Auf welche Wetterzeichen lernten Emma und Ethan zu achten?

2. Wie hat ihre erste Vorhersage ihren Klassenkameraden geholfen?

3a. Wie fühlten sich die Zwillinge, als ihre Vorhersage für den Vormittag richtig war?

3b. Wie fühlten sie sich, als sie vom Nachmittagsgewitter überrascht wurden?

4. Was hat Herr Kim sie über das Lernen aus Fehlern gelehrt?

Wetter-Herausforderung: Schau jetzt nach draußen. Was siehst du am Himmel? Kannst du vorhersagen, wie das Wetter in zwei Stunden sein könnte? Schau dann noch mal nach, ob du recht hattest!

Du hast den Himmelsbeobachter-Schild verdient!

TEIL II

DIE RETTUNG DER SUMMENDEN BIENE

5

Lily war auf der Suche nach dem perfekten Löwenzahn, als sie es hörte. Ein leises Summen kam aus dem Gras bei ihren Füßen.

Summm ... summ ... summ ...

Sie blickte hinunter und schnappte nach Luft. Eine flauschige, gelb-schwarze Biene kroch langsam über ein Kleefeld. Einer ihrer Flügel war zerknittert. Er sah aus wie ein Stück Papiertaschentuch, auf das jemand getreten war.

»Oh nein«, flüsterte Lily. »Kleine Biene, was ist mit dir passiert?«

Die Biene hörte auf zu krabbeln. Es schien, als blickte sie mit großen, dunklen Augen zu ihr auf. Die Biene summte schwach, als ob sie versuchen würde, Hallo zu sagen.

Lily hatte schon immer ein bisschen Angst vor Bienen gehabt. Sie sahen stachelig aus und summten so laut. Aber dieses winzige Geschöpf schien so hilflos. Ihre Angst schmolz dahin wie Eis in der Sonne.

»Ich muss dir helfen«, beschloss sie.

Genau in diesem Moment erschien ihre Nachbarin, Mrs. Chen, am Gartenzaun. Mrs. Chen hatte den schönsten Garten in der ganzen Straße. Er strotzte nur so vor bunten Blumen. Und auf ihnen tummelten sich immer unzählige glückliche Bienen.

»Mrs. Chen!«, rief Lily. »Ich habe eine verletzte Biene gefunden! Was soll ich tun?«

Mrs. Chen eilte herüber. Ihre Gartenhandschuhe waren vom Pflanzen ganz matschig. Als sie die kleine Biene sah, wurde ihr Gesichtsausdruck ganz mitfühlend.

»Arme kleine Arbeiterin«, sagte Mrs. Chen leise. »Bienen sind so wichtige Helfer in unseren Gärten.«

»Helfer?«, fragte Lily. »Aber machen die nicht einfach nur Honig?«

»Oh, die tun noch viel mehr als das«, lächelte Mrs. Chen. »Diese kleine Biene hier war wahrscheinlich gerade damit beschäftigt, Blumen zu besuchen, als etwas schiefging.«

Lily sah auf den verletzten Flügel der Biene. »Können wir ihn reparieren?«

»Mal sehen, was wir tun können«, sagte Mrs. Chen.

6

Frau Chen und Lily saßen im Gras in der Nähe der verletzten Biene. Sie hatte einen sonnigen Platz auf einem Löwenzahnblatt gefunden.

»Bevor wir helfen«, sagte Frau Chen, »lass uns erst mal lernen, was Bienen brauchen, um gesund und glücklich zu sein.«

»Sie brauchen Blumen, oder?«, riet Lily.

»Genau! Aber weißt du auch, warum sie Blumen besuchen?«

Lily dachte angestrengt nach. »Um das süße Zeug da drin zu holen?«

»Das nennt man Nektar«, sagte Frau Chen. »Bienen sammeln Nektar, um Honig für ihre Familien zu machen. Aber während sie Nektar trinken, passiert etwas Magisches.«

Frau Chen zeigte darauf. »Siehst du dieses gelbe Pulver auf dem flauschigen Körper der Biene? Das nennt man Pollen. Wenn Bienen von Blume zu Blume fliegen, nehmen sie Pollen mit.«

»Wie kleine Postboten?«, fragte Lily.

»Ja! Blumen brauchen Pollen von anderen Blumen, um Samen zu bilden. Ohne Bienen, die Pollen herumtragen, könnten viele Pflanzen keine neuen Blumen wachsen lassen.«

Lily betrachtete die verletzte Biene mit neuem Respekt. »Also hilft diese kleine Biene den Blumen beim Wachsen?«

»Diese kleine Biene hilft unserem ganzen Garten beim Wachsen«, sagte Frau Chen. »Keine Bienen bedeutet keine neuen Blumen, Früchte oder Gemüsesorten.«

Die Biene zappelte, als ob sie sie verstehen würde.

»Was glaubst du, braucht diese Biene jetzt gerade?«, fragte Frau Chen.

Lily blickte auf das winzige Geschöpf. »Sie kann wegen ihres verletzten Flügels nicht fliegen, um Nektar zu holen. Also ist sie vielleicht hungrig?«

»Großartig gedacht!«, sagte Frau Chen.

»Und sie ist bestimmt müde vom Versuch zu fliegen«, fügte Lily hinzu. »Vielleicht braucht sie einen sicheren Platz zum Ausruhen?«

»Du wirst ja eine richtige Bienenexpertin«, sagte Frau Chen mit einem Lächeln.

7

———

Frau Chen hatte eine Idee. »Lass uns ein besonderes, sicheres Plätzchen für unsere Freundin schaffen. Bienen lieben flache Schälchen mit Zuckerwasser, wenn sie keine Blumen erreichen können.«

Sie eilten in Frau Chens Küche und mischten Zucker mit warmem Wasser. Lily trug den kleinen, mit der süßen Mischung gefüllten Flaschendeckel zurück in den Garten.

»Und jetzt ein sicherer Ruheplatz«, sagte Frau Chen.

In Frau Chens Schuppen fanden sie eine kleine Holzkiste. Gemeinsam füllten sie sie mit weichem Moos, trockenen Blättern und ein paar frischen Blütenblättern.

»Das ist ja wie ein winziges Hotelzimmer!«, sagte Lily. Sie richtete das Moos zu einem gemütlichen Bett her.

Sie stellten das Bienenhotel neben eine Gruppe Lavendelpflanzen. Die Luft roch süß. Lila Blüten wiegten sich sanft im Wind.

»Perfekt«, sagte Frau Chen. »Ganz viele Blumen in der Nähe, für wenn es unserer Freundin besser geht.«

Ganz vorsichtig nahm Lily die verletzte Biene mit einem breiten Blatt auf. Ihre Hände zitterten ein wenig. Sie hatte noch nie eine Biene gehalten. Aber das kleine Geschöpf blieb ruhig, als sie es sanft bewegte.

Die Biene krabbelte zum Flaschendeckel. Mit ihrer langen Zunge begann sie, das Zuckerwasser zu trinken.

»Es klappt!«, jubelte Lily leise.

[Ganzseitige Illustration: Das Bienenhotel unter den Lavendelpflanzen, mit der Biene, die aus dem Flaschendeckel trinkt, während Lily und Frau Chen stolz zusehen]

»Jetzt heißt es abwarten und beobachten«, sagte Frau Chen. »Heilung braucht Zeit.«

Die nächsten drei Tage besuchte Lily das Bienenhotel jeden Morgen und Nachmittag. Sie füllte das Zuckerwasser auf. Lily sorgte dafür, dass das Moos weich und trocken blieb.

Am zweiten Tag lief die Biene schon in ihrem Hotelzimmer umher.

Am dritten Tag geschah etwas Wunderbares.

8

Lily füllte gerade das Zuckerwasser nach, als sie bemerkte, wie die Biene beide Flügel streckte. Der verletzte Flügel sah immer noch etwas zerknittert aus, aber er bewegte sich!

»Mrs. Chen, kommen Sie schnell!«, rief Lily.

Während sie zusahen, kletterte die kleine Biene an den Rand ihres Hotels. Sie schlug schnell mit beiden Flügeln. *Summ-summ-SUMMM!*

»Sie testet ihre Flügel!«, sagte Mrs. Chen.

Die Biene hob für einen kurzen Moment vom Hotel ab. Bald darauf landete sie wieder auf dem Moos.

»Fast so weit«, flüsterte Lily.

Eine Stunde später versuchte es die Biene erneut. Diesmal flog sie in einem kleinen Kreis um die Lavendelpflanzen. Dann kehrte sie zurück und landete direkt neben Lilys Hand.

»Ich glaube, sie bedankt sich«, sagte Mrs. Chen.

Die Biene lief über Lilys Handfläche. Ihre winzigen Füße kitzelten wie Federn. Dann schwang sie sich mit einem *SUMMMMM!* in die Luft.

Sie sahen ihr nach, wie sie direkt zu einer nahen Sonnenblume flog. Die Biene tauchte tief in die gelbe Mitte ein. Sie kam wieder heraus, bedeckt mit goldenem Pollenstaub.

»Wieder an die Arbeit!«, lachte Lily.

»Sie haben dieser Biene das Leben gerettet«, sagte Mrs. Chen. Sie legte ihren Arm um Lilys Schultern. »Und diese Biene wird helfen, unseren Garten zu retten.«

»Ich hatte gar keine Angst«, sagte Lily überrascht. »Bienen sind tatsächlich ziemlich erstaunlich.«

Jeden Tag danach hielt Lily in Mrs. Chens Garten Ausschau nach Bienen. Sie bemerkte verschiedene Arten. Manche waren groß und flauschig. Andere waren klein und glänzend. Sie stellte immer sicher, dass flache Schalen mit Wasser für durstige Besucher bereitstanden.

Aber manchmal fragte sie sich, welche anderen Gartenkreaturen ihre Hilfe benötigen könnten. Dieses Rätsel musste auf einen anderen Tag warten.

Quest abgeschlossen!

Fragen zum Nachdenken:

1. Was ist die wichtige Aufgabe von Bienen, wenn sie Blumen besuchen?

2. Wie haben sich Lilys Gefühle gegenüber Bienen im Laufe der Geschichte verändert?

3a. Wie hat sich Lily gefühlt, als sie die verletzte Biene zum ersten Mal fand?

3b. Wie hat sie sich gefühlt, als die Biene gesund davongeflogen ist?

4. Warum war es wichtig, dass Lily etwas über Bienen lernte, bevor sie versuchte zu helfen?

Naturhelfer-Herausforderung:

Halte in deinem Garten oder einem Park Ausschau nach nützlichen Insekten. Was tun sie? Wie helfen sie den Pflanzen beim Wachsen? Denk daran, aus sicherer Entfernung zu beobachten!

Du hast den Naturhelfer-Schild verdient!

NIA UND DAS PAPIERRAKETEN-RÄTSEL

9

———

»Drei … zwei … eins … Start!«, rief Nia.

Sie ließ ihre Papierrakete über den Boden der Turnhalle fliegen. Sie schoss vorwärts und klatschte dann wie ein schlapper Pfannkuchen zu Boden.

Klatsch.

Nia seufzte und hob sie wieder auf. »Warum will sie nicht weit fliegen?«

Es war die Woche der Flug-Herausforderung in der Schule. Die heutige Mission war es, eine Papierrakete zu bauen, die die Länge der Turnhalle durchfliegen konnte. Nia hatte bereits fünf Raketen gefaltet und getestet, und jede einzelne war ein Reinfall gewesen.

Sie sah sich um. Andere Kinder testeten auch ihre. Manche flogen in hohen Schleifen, andere zischten tief und schnell. Keine von ihnen hatte es bisher auf die andere Seite geschafft.

»Brauchst du einen Co-Piloten?«, fragte eine Stimme hinter ihr.

Es war Leo, ein Klassenkamerad aus dem Forscherclub. Er hielt eine Papierrakete in der Form eines Pfeils.

»Ich bin nicht sicher, ob ich einen Co-Piloten brauche«, sagte Nia. »Eher einen Rätselmeister.«

Leo lächelte. »Wollen wir es zusammen herausfinden?«

Nia überlegte einen Moment. Sie löste Dinge gern allein. Aber sie gewann auch gern. »Okay. Aber nur, wenn wir am weitesten fliegen!«

»Abgemacht«, sagte Leo.

10

Sie saßen im Schneidersitz an der Wand und falteten ihre Raketen auseinander, um sie zu vergleichen. Nias hatte breite Flossen und eine dicke Spitze. Leos war schmal und spitz, mit schmalen Flügeln.

»Ich glaube, meine stürzt zu früh ab«, sagte Nia. »Sie startet stark, aber kracht dann schnell zu Boden.«

Leo nickte. »Meine gleitet, aber nicht weit. Ich wette, es kommt auf den Startwinkel an.«

Sie einigten sich darauf, drei Dinge zu testen: die Falttechnik, das Gewicht der Rakete und den Startwinkel.

Erster Test: die Falttechnik. Sie bastelten drei Raketen mit unterschiedlichen Faltungen. Eine hatte lange Flügel. Eine hatte eine spitze Nase. Eine hatte ein breites Heck wie ein Drachen.

Leo warf die Drachen-Papierrakete. Sie drehte sich in der Luft und landete seitlich.

»Cooler Drall, aber keine große Weite«, sagte er.

Nia warf die mit der spitzen Nase. Sie sauste geradeaus, fiel aber schnell herunter.

»Zu kopflastig«, sagte sie.

Die Rakete mit den langen Flügeln flog am weitesten und schaffte es ungefähr durch die halbe Turnhalle.

»Wir kommen der Sache näher«, sagte Leo.

Zweiter Test: das Gewicht der Rakete. Sie befestigten eine Büroklammer an der Vorderseite einer Rakete und klebten eine Münze auf die Unterseite einer anderen.

»Ich glaube, das Gewicht hilft ihr, stabil zu bleiben«, vermutete Leo.

Sie warfen beide. Die Rakete mit der Büroklammer machte einen Sturzflug. Die Rakete mit der Münze glitt ein wenig weiter.

»Also ist das Gewicht wichtig, aber nicht zu viel«, sagte Nia. »Auf die Balance kommt es an.«

Dritter Test: der Startwinkel. Sie versuchten, ihre beste Rakete gerade, flach und in einem hohen Winkel zu werfen.

»Ein flacher Winkel ist schnell, aber sie fällt auch schnell wieder runter«, sagte Nia.

»Ein hoher Winkel geht hoch und dann runter«, fügte Leo hinzu.

Sie fanden den perfekten Punkt: ein leicht nach oben gerichteter Wurf mit einer schnellen Bewegung aus dem Handgelenk.

Die Rakete segelte über die halbe Strecke hinaus.

Nia machte einen Freudensprung. »Das ist der beste Wurf bisher!«

Aber sie hatte es immer noch nicht durch die ganze Turnhalle geschafft.

»Fast«, sagte Leo.

»Fast reicht nicht«, sagte Nia grinsend. »Zurück ins Labor!«

11

———

Sie bauten drei letzte Raketen. Nia bog die Flügel leicht nach oben. Leo schnitt die Heckflossen gleichmäßig zu. Zusammen passten sie das Penny-Gewicht so an, dass es genau in der Mitte des Rumpfes saß.

»Das ist unser bestes Design«, sagte Nia.

»Geben wir ihr einen Namen«, sagte Leo. »Wie wär's mit *The Streak*?«

»Gefällt mir«, grinste Nia. »Bereit für den Test?«

Mehrere Kinder versammelten sich um sie herum. Ein paar hatten Gerüchte gehört, dass Nia und Leo kurz davor waren, den Code zu knacken.

»Drei … zwei … eins … START!«, rief Leo.

Nia startete *The Streak* mit einem perfekten Schwung aus dem Handgelenk.

Sie schoss in die Höhe. Sie stieg höher als alle ihre anderen Raketen. Auch ihr Flug war sanfter als bei den anderen.

Alle Blicke verfolgten, wie *The Streak* glitt, sank und – JA! – nur wenige Zentimeter vor der hinteren Turnhallenwand aufsetzte.

Jubel brach aus.

»Ihr habt es geschafft!«, rief ihr Lehrer, Mr. Gonzales.

»WIR haben es geschafft«, sagte Nia. Sie gab Leo ein High-Five, und ihre Augen leuchteten.

»Wir haben das Rätsel gelöst«, sagte Leo.

Nia nickte. »Und dabei eine Menge gelernt.«

12

Später an diesem Nachmittag versammelte sich die Klasse um Herrn Gonzales, der *den Blitz* vorführte.

»Was hat diese Rakete am weitesten fliegen lassen?«, fragte er.

»Ausgeglichenes Gewicht«, sagte Leo.

»Eine kluge Faltung«, fügte Nia hinzu.

»Ausprobieren und Nachbessern«, sagten sie gemeinsam.

Herr Gonzales lächelte. »Genau das tun Ingenieure: testen, lernen und verbessern. Selbst wenn etwas scheitert, lernen sie daraus.«

Nia hob die Hand. »Zuerst wollte ich keine Hilfe. Aber Leo hatte Ideen, auf die ich nicht gekommen wäre.«

Leo fügte hinzu: »Und Nia hat Dinge bemerkt, die ich übersehen habe. Zusammen haben wir besser gearbeitet.«

Herr Gonzales nickte. »Das ist das Geheimnis echter Wissenschaft. Neugier, Teamarbeit und niemals aufzugeben.«

Als die Glocke läutete, steckte Nia *den Blitz* in ihren Rucksack. Es war jetzt nicht mehr nur eine Papierrakete; es war ein Symbol dafür, was sie schaffen konnte, wenn sie es nur weiter versuchte.

Sie und Leo verließen die Turnhalle und planten bereits ihre nächste Flug-Herausforderung.

Mission abgeschlossen!

Fragen zum Nachdenken:

1. Welche drei Dinge haben Nia und Leo getestet, damit ihre Papierrakete weiter fliegt?

2. Wie hat das Ausprobieren verschiedener Faltungen und Gewichte geholfen, das Raketendesign zu verbessern?

3. Wie hat sich Nia gefühlt, als ihre Rakete immer wieder abgestürzt ist?

4. Wie hat sie sich gefühlt, als sie und Leo das Rätsel gemeinsam gelöst haben?

5. Was hat Nia über Teamarbeit und das Lösen von Problemen durch Ausprobieren gelernt?

Ingenieurs-Herausforderung:

Entwirf deine eigene Papierrakete und nutze dabei, was Nia und Leo gelernt haben. Probiere verschiedene Faltungen und Gewichte aus. Schaffst du es, deine Rakete jedes Mal weiter fliegen zu lassen? Halte deine Ergebnisse wie ein echter Ingenieur fest!

Du hast den Ingenieurs-Detektiv-Schild verdient!

MALIA UND DAS SCHMELZENDE MYSTERIUM

13

Malia hatte schon den ganzen Morgen auf die Vesperpause gewartet.

Sie hatte ihre Lieblingssorte eingepackt: Blaue-Himbeer-Swirl. Sie hatte extra darauf geachtet, dass es direkt vor der Schule noch im Eisfach lag. Malia hatte es sogar in ihre spezielle Brotdose mit Reißverschluss gepackt, der sich fest zuziehen ließ. Sie zog ihn *extra* fest zu. Und sagte zu der Dose: »Schön gefroren bleiben, ja?«

Der Morgen schleppte sich heiß und klebrig dahin. Die Sonne strömte durch die Fenster und es war warm im Klassenzimmer. Malia stellte sich das kühle, süße Eis am Stiel auf ihrer Zunge vor – eisblau und mit zuckrigem Weiß durchzogen.

Doch als es endlich zur Vesperpause klingelte ...

»Oh, oh«, murmelte Malia, als sie ihre Brotdose öffnete. Alles, was sie sah, war blauer, klebriger Matsch.

Ihr Eis am Stiel war zu einer zuckrigen Pfütze geschmolzen.

»Neiiin!«, stöhnte Malia. Sie kippte ihre Brotdose und starrte auf die klebrige Sauerei. Der Geruch war immer noch köstlich, aber jetzt sah es aus, als hätte jemand einen geschmolzenen Wachsmalstift in ihre Brotdose gekippt.

Ihre Freundin June lugte herüber. »Igitt. Meins ist auch geschmolzen. Meine Mama hat sogar einen Kühlakku dazugelegt!«

Malia runzelte die Stirn. »Das war's. Morgen finde ich heraus, wie ich meinen Snack bis zur Pause kalt halten kann.«

»Sogar am heißesten Tag des Jahres?«, fragte June.

Malia grinste. »Ganz besonders dann.«

14

An diesem Nachmittag eilte Malia nach Hause und erzählte ihrem Papa alles.

Er hörte aufmerksam zu. »Hört sich für mich nach einem Experiment an.«

Malias Augen leuchteten auf. »Du meinst, wie ein *echtes* wissenschaftliches Experiment?«

»Genau«, sagte ihr Papa. »Du testest verschiedene Methoden, um das Eis am Stiel am Schmelzen zu hindern. Dabei geht es um Isolierung. Das sind Materialien, die das Schmelzen verlangsamen, indem sie die Wärme draußen halten.«

Malia schlug eine neue Seite in ihrem Notizbuch auf und schrieb: »Ziel: Ein Eis am Stiel bis zur Snackzeit kalt halten.« Sie erstellte eine Liste mit Testmaterialien, darunter:

Kühlakku

Alufolie

Stoff (weiches Handtuch)

Schatten

Selbstgemachte Kühlbox

»Ich mache aus Eiswürfeln Eis-am-Stiel-Dummys!«, sagte Malia. »So verschwende ich nicht die echten.«

Sie legte Eiswürfel in kleine Snackbeutel, einen für jedes Material, das sie testen wollte. Dann verpackte sie jeden auf eine andere Art und Weise:

Einen Beutel mit einem Kühlakku

Einen in Alufolie eingewickelt

Einen in ein Handtuch eingewickelt

Einen im Schatten unter einem Pappkarton

Einen in einer Kiste, die sie mit Schaumstoff, Papier und einem weichen Tuch füllte. Das war ihre selbstgemachte Kühlbox!

»Mal sehen, welcher als Letzter schmilzt«, sagte Malia.

15

———————

Malia trug alles nach draußen und legte ihre Materialien auf die sonnige Veranda. Jeder Testbeutel bekam ein Etikett, eine Stoppuhr und wurde von June, die mit einem Klemmbrett und einer Sonnenbrille rübergekommen war, kurz kontrolliert.

»Du siehst aus wie eine Wissenschaftlerin«, neckte Malia sie.

»Ich *bin* eine Wissenschaftlerin«, sagte June. »Eine *offizielle Eis-am-Stiel-Beschützer-Wissenschaftlerin.*«

Sie sahen zu, wie die Sonne auf die Beutel knallte.

Nach fünfzehn Minuten überprüften sie alle. Der unverpackte Eiswürfel in der Sonne war bereits vollständig geschmolzen!

Der mit dem Kühlakku war halb geschmolzen. Der in Alufolie war wässrig und weich. Der in das Handtuch gewickelte war noch eisig. Dem im Schatten ging es gut, aber er schmolz langsamer. Und die selbst gebaute Kühlbox? Kaum geschmolzen.

Malia schrieb alles auf.

Nach 45 Minuten waren nur noch der im Handtuch und der in der selbst gebauten Kühlbox kalt. Nach sechzig Minuten war sogar der im Handtuch zu Schneematsch geworden.

Aber die selbst gebaute Kühlbox? Der Eiswürfel war immer noch fest und immer noch kalt. Immer noch spitze!

16

———————

An diesem Abend brachte Malia die Ergebnisse ihres Experiments mit zum Abendessen.

»Eine Isolierung sorgt also dafür, dass die Kälte drinnen bleibt?«, fragte sie.

Ihr Papa nickte. »Isolierung verlangsamt die Wärmeübertragung. Sachen wie Handtücher, Schaumstoff und Papier schließen Luft ein, was verhindert, dass Wärme schnell eindringt. Alufolie reflektiert zwar etwas Wärme, isoliert aber nicht gut. Kühlakkus helfen, aber sobald sie geschmolzen sind, nützen sie nichts mehr.«

Malias Mama lächelte. »Sieht so aus, als hätte deine Kühlbox am besten funktioniert.«

Malia dachte eine Sekunde nach. »Was ist, wenn ich *sowohl* den Kühlakku als auch die Isolierung hinzufüge?«

»Damit kombinierst du die Strategien«, sagte ihr Papa. »Klug mitgedacht.«

June rief später an und fragte nach den Bauplänen für die Kühlbox. Malia lachte. »Ich zeichne dir ein Diagramm.«

17

Tags darauf war es sogar noch heißer. Schon zur Vormittagspause hatten alle rosige Wangen.

Aber Malia war vorbereitet.

Sie trug ihre neue Brotdose: einen Würfel aus Pappe, den sie mit Sternen verziert hatte. Darin war ihre selbst gebaute Kühlbox. Sie hatte auch einen Kühlakku, der, in ein Tuch gebettet, die mit Papier ausgekleideten Seiten kühlte. Ihr kostbares blaues Himbeer-Eis am Stiel ruhte in der Mitte.

Zur Pausenbrotzeit drängten sich ihre Freunde um sie.

»Na dann mal los«, sagte sie.

Sie öffnete die Kühlbox. Ein kalter Lufthauch stieg auf.

Ihr Eis am Stiel? Immer noch gefroren.

Malia zog die Verpackung ab und nahm einen großen Bissen.

Es war kalt und süß! Nicht matschig.

»Der Sieg ist mein!«, sagte sie mit einem Grinsen.

June gab ihr ein High Five. »Du hast das Schmelz-Mysterium gelöst.«

18

Nach der Schule half Malia ihren Klassenkameraden, ihre eigenen Mini-Kühlboxen zu basteln. Der Raum summte vor Aufregung. Alles, was Malia hören konnte, war das Schnippen von Scheren und das Abreißen von Klebeband. Kinder wühlten in Kisten voller Materialien und suchten nach dem perfekten Teil. Sie testeten alle möglichen neuen Materialien. Einige benutzten weiche Schwammstücke und glänzende Luftpolsterfolie. Jemand fand einen Vorrat an Wattebällchen. Ein anderes Kind verwendete folienbeschichtete Chipstüten, die beim Falten knisterten.

Jede Kühlbox war anders. Manche waren hoch und kastenförmig, andere rund und weich wie Kissen. Manche Kinder verzierten ihre sogar mit Sternen oder malten lächelnde Eis am Stiel an die Seiten.

Sie legten Eiswürfel hinein und warteten, während sie genau zusahen.

Und jeder Schüler lernte, dass, wenn Dinge schmelzen, es nicht das Ende ist – es ist ein Anfang.

Ein Anfang zum Beobachten und Testen. Ein Anfang, um sich zu fragen, was beim nächsten Mal besser funktionieren könnte. Ein Anfang, um etwas *Cooles* zu lernen.

Quest abgeschlossen!

Fragen zum Nachdenken:

1. Welches Problem versuchte Malia mit ihrem Experiment zu lösen?

2. Welche Materialien hat sie getestet und welches hat am besten funktioniert?

3. Wie hat sich Malia gefühlt, als ihr Eis am Stiel das erste Mal geschmolzen ist?

4. Wie hat sie sich gefühlt, nachdem ihre selbstgebastelte Kühlbox funktioniert hat?

5. Was hat Malia darüber gelernt, wie Isolierung funktioniert, um Dinge kalt zu halten?

Kühlbox-Herausforderung:

Entwirf deine eigene Kühlbox mit Dingen, die du bei dir zu Hause finden kannst! Probiere verschiedene Materialien wie Stoff, Schaumstoff oder Papier aus, um einen Eiswürfel zu isolieren. Welches hält ihn am längsten kalt? Halte deine Ergebnisse fest und nimm Verbesserungen vor wie ein echter Wissenschaftler!

Du hast den Schild des Aggregatzustand-Detektivs verdient!

TEIL V

TOMAS UND DIE TURM-HERAUSFORDERUNG

19

Tomas liebte Bauklötze. Er liebte es, sie zu stapeln, sie in Reihen aufzustellen und sie sogar umzuwerfen – mit voller Absicht!

Aber diese Woche hatte er ein Ziel: den höchsten Turm aus Bauklötzen in der ganzen Klasse zu bauen. Höher als Mateos Rakete, höher als Harpers Hotel. Er wollte, dass sein Turm bis in den Himmel ragte.

Während der Freispielzeit sammelte Tomas jeden Bauklotz, den er finden konnte. Große Vierecke, lange Rechtecke und winzige Dreiecke. Er sammelte sogar wackelige Zylinder, die wegrollten, wenn man nicht hinsah. Er arbeitete schnell und stapelte sie hoch und schmal, einen auf den anderen.

Hoch, hoch, hoch!

Der Turm wackelte ein wenig, aber Tomas hielt den Atem an und machte weiter.

Doch gerade als er nach dem letzten Klotz griff ...

RUMMS!

Der Turm stürzte seitwärts ein. Die Bauklötze flogen überall hin. Sie landeten auf dem Teppich, unter der Staffelei und in der Puppenecke.

Tomas stöhnte und ließ sich nach hinten fallen. »Das passiert immer!«

Seine Freundin Lina spähte über ihr Buch. »Du baust zu schmal.«

»Aber nur wenn er schmal ist, wird er auch hoch!«, sagte Tomas und breitete frustriert die Arme aus.

Lina zuckte mit den Schultern. »Hoch sein nützt nichts, wenn er umfällt.«

Sie hatte recht. Aber wie konnte er ihn hoch *und* stabil bauen?

20

Frau Rivera, ihre Lehrerin, kniete sich neben Tomas und schob einen Bauklotz unter ihrem Knie hervor.

»Sieht aus, als würdest du fleißig arbeiten«, sagte sie freundlich und ihre Augen funkelten.

»Ich will, dass er der höchste in der Klasse wird«, sagte Tomas mit einem Seufzer. »Aber er fällt immer wieder um. Jedes einzelne Mal.«

Frau Rivera lächelte. »Klingt, als hättest du da ein gutes Problem zu lösen. Was machen Ingenieure, wenn etwas nicht funktioniert?«

Tomas kratzte sich am Kopf. »Nochmal bauen?«

»Ja, und etwas verändern«, sagte sie. »Ingenieure testen und passen an. Lass uns mal überlegen. Was könntest du anders versuchen?«

Tomas betrachtete die verstreuten Bauklötze um sich herum wie Puzzleteile. Sein letzter Turm war hoch, aber dünn gewesen. Er hatte ausgesehen wie ein Bleistift, der auf seiner Spitze stand.

Er kniff die Augen zusammen. »Was wäre, wenn ich mit einer größeren Basis anfange?«

Frau Rivera nickte. »Tolle Idee! Eine breite Basis gibt Türmen mehr Stabilität. Genau wie bei Pyramiden oder Wolkenkratzern. Versuch es!«

Tomas grinste und begann, zuerst die größten Bauklötze zusammenzusuchen. Vielleicht würde er dieses Mal einen Turm bauen, der bis zur Decke reichen ... und dort bleiben konnte!

21

Tomas fing von vorne an. Diesmal baute er unten ein großes Quadrat. Es war vier Klötze breit und vier Klötze tief. Er drückte jeden einzelnen fest, um sicherzugehen, dass er flach und stabil war.

»Oha«, sagte Lina und legte ihr Buch beiseite. »Das ist aber ein breites Fundament.«

»Darum geht es ja«, sagte Tomas stolz. »Der kippt so schnell nicht um.«

Er stapelte weitere Klötze darauf. Er baute langsam und vorsichtig und stabilisierte jeden Klotz mit beiden Händen.

Der Turm wurde höher als zuvor.

Und höher.

Und dann …

WACKEL.

Tomas erstarrte. Die Spitze neigte sich nach rechts. Dann nach links.

RUMS.

Er fiel wieder um, aber nicht so schnell. Unten blieben einige Klötze gestapelt.

Ms. Rivera sah von ihrem Pult aus zu und klatschte. »Du kommst der Sache näher! Was glaubst du, warum er diesmal umgekippt ist?«

Tomas hockte sich neben die Teile und untersuchte die Schieflage. »Der obere Teil ist zu hoch und zu schmal. Vielleicht brauche ich etwas, um ihn zu stützen?«

Lina nickte. »Wie bei Brücken. Die benutzen Stützen an den Seiten, um alles zusammenzuhalten.«

Tomas' Augen leuchteten auf. »Dreiecke. Ich habe dreieckige Stützen in Gebäuden gesehen!«

22

———

An diesem Nachmittag zeigte Frau Rivera der Klasse einige Bilder von echten Türmen. Sie betrachteten den Eiffelturm, Wolkenkratzer und Brücken.

»Sehen Sie, wie oft Dreiecke auftauchen?«, sagte sie. »Dreiecke sind stabile Formen. Ingenieure verwenden sie zur Stütze.«

Tomas studierte die Fotos. »Dreiecke also ...«

Am Bauklotzregal griff er sich zwei schmale Teile. Er balancierte sie in der Form eines umgedrehten Vs gegeneinander aus. Dann legte er ein flaches Rechteck als Basis darunter.

Es fiel nicht um.

Dann fügte er weitere hinzu.

Ein Dreieck. Zwei. Drei.

Er schob einen hohen Turm genau in die Mitte und stützte ihn mit seinen Dreiecksverstrebungen ab.

Er hielt.

»Das ist wie eine Bauklotz-Rüstung«, sagte Tomas mit großen Augen.

Lina testete ihn mit einem Stupser. »Steht immer noch!«

23

Am nächsten Tag verkündete Frau Rivera: »Zeit für die Turm-Herausforderung! Hört aufmerksam zu, was euer Auftrag ist. Ihr sollt das höchste freistehende Bauwerk der Klasse bauen und dürft dafür alle Bausteine benutzen, die ihr wollt.«

Tomas grinste. Das war *sein* Moment.

Er nutzte alles, was er gelernt hatte.

- Eine starke, breite Basis
- Dreieckige Stützen an allen Seiten
- Gleichmäßige Schichten, wobei jede Ebene im Gleichgewicht gehalten wurde
- Er ließ sogar Lücken zwischen den Bausteinen, um das Gewicht an der Spitze gering zu halten

Andere Kinder beeilten sich und bauten schnell.

Aber Tomas arbeitete langsam und stetig.

Lina half ihm, die Bausteine anzureichen. »Vergiss deinen Schlussstein nicht!«

Tomas setzte den letzten Baustein auf die Spitze und trat einen Schritt zurück.

Er stand. Er stand! Tatsächlich stand er höher als jeder andere.

24

Frau Rivera brachte das Maßband. Sie maß Tomas' Turm. Er war fast vier Fuß hoch!

»Das ist heute unser höchster Turm!«, verkündete sie. »Einen Applaus für Tomas!«

Alle klatschten. Tomas fühlte sich, als würde er glühen.

Doch gerade als er lächelte …

KNACKS.

RUTSCH.

POLTER!

Der Turm stürzte mit einem gewaltigen Krach ein.

»Oh nein!«, keuchte Lina.

Aber Tomas lachte. »Das macht nichts. Ich hatte meinen Sieg. Und jetzt darf ich ihn wieder aufbauen – mit noch *besseren* Stützen.«

25

———

Nach dem Unterricht half Tomas Frau Rivera, die Bauklötze aufzuräumen.

»Ich bin stolz auf dich«, sagte sie. »Du hast wie ein Ingenieur gedacht: ausprobieren, testen, verbessern.«

Tomas grinste. »Ich möchte eines Tages ein echter Baumeister werden.«

»Das bist du schon jetzt«, sagte sie. »Ein angehender Turmbaumeister.«

Von diesem Tag an hatte Tomas keine Angst mehr vor einstürzenden Türmen. Denn jeder Einsturz bedeutete, dass er einem Bauwerk, das wirklich standhaft sein konnte, nur einen Schritt näher war.

Quest abgeschlossen!

Fragen zum Nachdenken:

1. Welches Problem versuchte Tomas mit seinem Turm aus Bauklötzen zu lösen?

2. Welche Strategien hat Tomas ausprobiert, die seinen Turm stabiler gemacht haben?

3. Wie hat sich Tomas gefühlt, als sein Turm immer wieder umfiel?

4. Wie hat er sich gefühlt, als sein endgültiger Entwurf funktionierte – und sogar, als er wieder umfiel?

5. Was hat Tomas über stabile Bauwerke gelernt und wie man sie baut?

Turm-Herausforderung:

Versuche, mit Gegenständen aus deinem Zuhause einen hohen Turm zu bauen. Denk an: Plastikbecher, Karten, Bauklötze oder Bücher! Beginne mit einer breiten Basis und schau, ob du Dreiecksformen verwenden kannst, um ihn stabil zu halten. Wie hoch kommst du, bevor er umfällt?

Du hast dir das Struktur- und Gleichgewichts-Detektivschild verdient!

TEIL VI

OLIVE UND DIE TANZENDEN SCHATTEN

26

Das erste Mal bemerkte Olive ihren Schatten an einem Frühlingsmorgen, als sie zur Schule ging. Die Sonne war gerade aufgegangen und warf ein goldenes Licht auf den Bürgersteig.

»Boah«, sagte sie und drehte sich im Kreis. Ihr Schatten drehte sich mit ihr und erstreckte sich dabei wie ein tanzendes Band über den Bürgersteig.

»Warum machst du mich nach?«, fragte Olive lachend. Sie hüpfte. Der Schatten hüpfte. Sie dabbte. Der Schatten dabbte.

Ihre kleine Schwester Maisie kicherte. »Das ist dein Schattenfreund!«

»Irgendwie komisch«, sagte Olive. »Heute Morgen ist er superlang. Aber manchmal ist er kurz und gedrungen. Warum verändert er sich?«

Maisie zeigte mit dem Finger. »Schau mal, er folgt uns!«

»Genau genommen«, sagte Olive und dachte angestrengt nach, »glaube ich, wir folgen ihm. Oder vielleicht folgen wir beide der

Sonne.« Sie blinzelte zum Himmel hinauf. »Das muss ich herausfinden.«

27

Später in der Pause stand Olive mitten auf dem Schulhof und schaute nach unten. »Hä?«

Ihr Schatten war kaum zu sehen. Er war nur ein dunkler Klecks unter ihren Turnschuhen. Die Sonne stand hoch am Himmel und brannte wie ein Scheinwerfer. Die Hitze heizte den Asphalt unter ihren Füßen auf, und selbst die Ameisen schienen sich davor zu verstecken.

»Keine komische Form? Keine langen Beine?«, murmelte sie und drehte sich langsam im Kreis.

Sie hob ihre Hand. Der Schatten hob ebenfalls eine winzige, dicht an ihrem Körper, als hätte er Angst vor der Sonne.

Maisie hätte ihn »schüchtern« genannt.

Nach Schulschluss war der Schatten wieder da. Aber er sah anders aus! Jetzt streckte er sich in die andere Richtung, als hätte er die Seiten gewechselt. Seine Arme reichten über das Gras, als würde er zum Abschied winken.

»Was ist nur mit diesem Ding los?«, fragte sich Olive mit gerunzelten Augenbrauen.

An diesem Abend beim Essen wandte sie sich an ihre Mama. »Warum ändert mein Schatten den ganzen Tag seine Form?«

Ihre Mama lächelte. »Das ist eine tolle Frage. Klingt nach einem Schattenexperiment, das nur darauf wartet, durchgeführt zu werden.«

28

———————

Samstagmorgen weckte Olive Maisie schon früh auf.

»Hol die Kreide«, sagte Olive. »Wir gehen nach draußen.«

Noch in ihren Schlafanzügen gingen die Schwestern zur Auffahrt. Die Sonne lugte über den Bäumen hervor und warf lange Schatten auf den Beton.

»Stell dich genau hier hin«, sagte Olive und zeigte auf eine sonnige Stelle. »Beweg dich nicht!«

Maisie stand kerzengerade da, die Arme an den Seiten.

Olive hockte sich hin und zeichnete Maisies Schatten mit rosa Kreide auf die Auffahrt nach.

»Er ist sooo lang!«, rief Maisie. »Ich sehe aus wie eine Giraffe!«

»Okay«, sagte Olive und schrieb 8:00 Uhr neben den Umriss. »Jetzt warten wir.«

Maisie runzelte die Stirn. »Worauf warten?«

»Dass die Sonne weiterzieht«, sagte Olive. »Und dein Schatten tanzt.«

29

Jede Stunde kehrten Olive und Maisie zur Einfahrt zurück. Und jedes Mal wiederholten sie die folgenden Schritte:

1. An derselben Stelle stehen

2. In die gleiche Richtung blicken

3. Den Schatten nachzeichnen

4. Die Uhrzeit dazuschreiben

Um 9:00 Uhr war der Schatten kürzer.

Um 10:00 Uhr neigte er sich zur Seite.

Zu Mittag schrumpfte er zu einem kleinen Stummel.

»Er versteckt sich schon wieder!«, sagte Maisie.

»Aber schau mal«, sagte Olive mit großen Augen. »Er wird nicht nur kleiner ... Er dreht sich.«

Maisie drehte sich wie eine Ballerina. »Er tanzt!«

Olive nickte. »Ich glaube, er dreht sich um uns herum. Aber in Wirklichkeit ... bewegt sich die *Sonne*.«

30

———

An diesem Nachmittag saß Olive mit ihrem aufgeschlagenen Forschungsheft am Picknicktisch. Sie zeichnete Strichmännchen von sich und Maisie. Dann fügte sie Pfeile hinzu, die zeigten, wo die Sonne bei jedem Kreideumriss gestanden hatte.

»Am Morgen ist die Sonne hinter uns«, sagte sie. »Unsere Schatten fallen nach vorn. Dann steigt die Sonne höher und die Schatten werden kleiner.«

Maisie beäugte die Zeichnung. »Dann wandert die Sonne auf die andere Seite und die Schatten sind hinter uns?«

»Genau!«, sagte Olive. »Die Sonne *scheint* sich über den Himmel zu bewegen. Dadurch verändern sich die Schatten.«

Maisie legte den Kopf schief. »Die Sonne ist also wie eine riesige Taschenlampe?«

»So ungefähr!«, sagte Olive. »Und wir sind nur die Leute, die davor stehen.«

31

Am späten Nachmittag war die Auffahrt voller Kreideumrisse. Es gab große, kleine und krakelige Schlangenlinien.

»Lass uns sie verzieren!«, rief Maisie.

Ihren Umriss von 8:00 Uhr verwandelten sie in »Super Tall Maisie« mit einem Umhang und Stiefeln.

Die Figur von 12:00 Uhr wurde zu »Shrinky«, dem heimlichen Minischatten.

Um 17:00 Uhr streckte sich der letzte Schatten über den Rasen.

»Das ist Long-Leg Lucy«, erklärte Olive und malte ihr einen schicken Rock und eine riesige Sonnenbrille.

Ihre Mama kam mit Eis am Stiel heraus und lächelte. »Wow! Eure Auffahrt hat sich in eine Galerie für Schattenkunst verwandelt!«

Olive nickte. »Und wir haben das Rätsel der tanzenden Schatten gelöst.«

Maisie schleckte an ihrem Eis. »Wir sind Sonnen-Detektive.«

32

———

Der nächste Tag war wolkig und grau. Olive trat nach draußen und sah sich um.

Keine Schatten.

»Was?«, flüsterte sie. »Wo sind sie hin?«

Maisie kam hinter ihr heraus. »Es ist, als wären sie … verschwunden.«

Olive dachte einen Moment nach. »Die Sonne versteckt sich hinter den Wolken. Deshalb ist das Licht zu weich, um scharfe Schatten zu werfen.«

Maisie deutete mit dem Finger. »Schau mal! Da ist ein verschwommener!«

Tatsächlich folgten schwache Schatten ihren Füßen. Sie waren nur Flecken, wie schläfrige Geister.

Olive grinste. »Selbst wenn sich die Sonne versteckt, *verschwinden* die Schatten nicht. Sie verblassen nur.«

Maisie kniff die Augen zusammen. »Können wir sie trotzdem jagen?«

»Immer«, sagte Olive. »Lass uns herausfinden, wo sie sich als Nächstes verstecken.«

Aufgabe abgeschlossen!

Fragen zum Nachdenken:

1. Was ist Olive und Maisie an ihren Schatten morgens, mittags und abends aufgefallen?

2. Welche Hilfsmittel und Schritte haben sie verwendet, um zu untersuchen, wie sich Schatten im Laufe des Tages verändern?

3. Wie hat sich Olive gefühlt, als sie sah, wie ihr Schatten schrumpfte und wuchs?

4. Wie hat sie diese Neugier genutzt, um eine Sonnen-Detektivin zu werden?

5. Was bewirkt, dass Schatten ihre Form und Richtung ändern? Wie haben die Wolken ihr Schattenexperiment beeinflusst?

Schattenjagd-Herausforderung:

Probiere das Kreide-Schatten-Experiment zu Hause aus! Male deinen Schatten am Morgen, am Mittag und am späten Nachmittag nach. Was fällt dir bei den Formen und Richtungen auf? Kannst du erraten, wo die Sonne als Nächstes stehen wird?

Du hast dir den Licht-und-Schatten-Detektiv-Schild verdient!

TEIL VII

PRIYA UND DIE REGENTAG-RAMPE

33

Regen klopfte in kleinen Tropfen gegen das Fenster. Tipp ... tipp-tapp ... tipp. Priya starrte in den grauen Himmel und seufzte. »Das war's dann wohl mit dem Renntag.«

Ihre Spielzeugautos standen wie kleine Athleten aufgereiht auf dem Wohnzimmerteppich. Sie waren rot, blau, silbern und eines hatte sogar glitzernde Flammen. Sie hatte die ganze Woche damit verbracht, draußen auf dem Gehweg eine Rampe aus Pappe für sie zu bauen. Es war ihr bisher bestes Design! Sie war steil genug für Geschwindigkeit, glatt genug für weite Sprünge und an jeder Naht mit Klebeband verstärkt.

Aber jetzt? Platsch. Pfütze. Regen.

Priya zog ihre roten Gummistiefel an und machte den Reißverschluss ihrer Jacke zu. Sie band ihren Pferdeschwanz besonders fest. »Ich versuch's trotzdem!«, rief sie ihrem Bruder Avi zu.

Avi blickte von seinem Buch auf. »Im Regen?«

Priya nickte selbstbewusst. »Die Wissenschaft wartet nicht auf sonnige Tage.«

Sie schnappte sich eine Plastiktüte, um die Rampe zu schützen, und klemmte ihre Autos unter den Arm. Draußen roch die Luft nach nassen Blättern und Straßenkreide. Der Wind wehte ihre Kapuze halb vom Kopf, aber Priya zuckte nicht zusammen. Das war ihr Experiment. Bei Wind und Wetter.

34

Priya stellte die Rampe auf dem nassen Gehweg auf. Der Karton war an den Rändern aufgeweicht, aber immer noch fest. Regentropfen spritzten auf die Oberseite, während sie den Winkel anpasste. Sie setzte ihr Lieblingsauto, Flashbolt, ganz nach oben. Es war gelb, glänzend und schnell ... zumindest an trockenen Tagen.

»Auf die Plätze ...«, flüsterte sie. »Fertig ... los!«

Flashbolt sauste die Rampe hinunter! Aber er rollte nur über den halben Gehweg, bevor er mit einem kläglichen Platschen in einer Pfütze landete.

»Was?«, sagte Priya. »Er hat es ja kaum geschafft!«

Avi kam mit einem Regenschirm nach draußen und wich mit seinen Turnschuhen den Pfützen aus. »Ich hab dir doch gesagt, dass es anders ist, wenn es nass ist.«

Priya kniff die Augen zusammen und sah auf den Gehweg. »Warum ist er nicht weit gekommen?«

»Überlegen wir mal«, sagte Avi. »Was ist heute am Gehweg anders?«

»Er ist nass«, sagte Priya langsam. Wasser strömte um ihre Stiefel. »Also vielleicht ... bremst das Wasser ihn?«

Avi lächelte. »Das ist ein Teil davon. Wasser erzeugt Reibung. Dadurch bleiben die Sachen ein wenig haften. Besonders, wenn die Rampe nicht steil ist.«

Priyas Augen leuchteten auf. »Also, wenn ich die Rampe steiler mache, fährt das Auto vielleicht weiter?«

»Probieren wir es aus«, sagte Avi.

Priya bückte sich, während Regentropfen von ihrer Kapuze glitten, und griff nach mehr Klötzen, um die Rampe zu erhöhen.

35

___

Wieder drinnen sammelten sie weitere Vorräte: Bauklötze, Bücher und ein zweites trockenes Stück Pappe.

Sie bauten die Rampe erneut auf der Veranda auf und benutzten dieses Mal zwei Klötze, um ein Ende zu erhöhen.

Priya stellte Flashbolt ganz nach oben. »Los geht's!«

Diesmal sauste Flashbolt schnell los – *zu* schnell – und überschlug sich direkt am Ende.

»Uff«, sagte Avi und lachte. »Das war episch.«

»Zu steil«, sagte Priya. »Versuchen wir es stattdessen mit einem Klotz.«

Sie passten die Rampe an und starteten ein neues Rennen.

Flashbolt sauste hinunter, rollte über den Gehweg und platschte in eine Pfütze. Dieses Mal kam er weiter als zuvor.

Priya klatschte in die Hände. »Das ist besser! Er ist fast bis zum Gras gekommen!«

Avi nickte. »Jetzt wissen wir also: Der Winkel ist wichtig. Eine steilere Rampe sorgt für mehr Geschwindigkeit, aber wenn sie *zu* steil ist, überschlägt sich das Auto.«

»Und wenn sie zu flach ist, kommt es überhaupt nicht weit«, sagte Priya. »Es kommt auf die Balance an!«

»**A**ber es gibt immer noch ein Problem«, sagte Priya. »Der nasse Gehweg bremst ihn immer noch aus. Was, wenn wir die *Oberfläche* der Rampe verändern?«

»Hmm«, sagte Avi. »Woran denkst du?«

»An etwas Glatteres!«, sagte Priya. Sie rannte hinein und kam mit einem Plastiktablett zurück. »Schau mal! Superglatt.«

Sie klebten es auf die Rampe und machten sie um einen Block höher. Priya ließ Flashbolt wieder hinunterfahren.

Zisch! Flashbolt sauste über das Plastik und die Rampe hinunter. Er segelte über den Gehweg, an der Pfütze vorbei, direkt ins Gras.

»Ich hab's geschafft!«, jubelte Priya. »Die glattere Rampe hat geholfen!«

»Und der Winkel«, erinnerte Avi sie. »Du lernst gerade etwas über Reibung und Neigung.«

»Und Geschwindigkeit!«, fügte Priya hinzu. Sie gab Flashbolt ein High Five. »Lass uns die anderen testen!«

37

Den ganzen Nachmittag lang testeten Priya und Avi verschiedene Rampenwinkel, Materialien und Autos.

Sie probierten Rampen mit Handtüchern aus, aber die waren zu langsam. Sie legten Rampen mit Alufolie aus, was ein bisschen besser war. Sie bauten sogar Rampen aus Luftpolsterfolie, die federnd und seltsam waren. Priya machte sich nach jedem Versuch Notizen in ihr Forschertagebuch:

- Flaches Handtuch = langsam
- Folie = ziemlich schnell
- Plastikschale = am besten!

Sie bauten sogar eine Doppelrampe mit zwei Ebenen, wie eine Autobahn für Spielzeugautos.

»Du wirst ja richtig gut im Ausprobieren«, sagte Avi.

Priya grinste. »Das bedeutet, Sachen auszuprobieren, oder?«

»Jep«, sagte Avi. »Eine Idee testen, schauen, was passiert, und es nochmal versuchen.«

Priya blickte auf ihre Rampen und ihre durchnässten Schuhe. »Sogar an einem Regentag?«

»Besonders an einem Regentag«, sagte Avi.

38

Tags darauf war der Regen verschwunden und der Gehweg war trocken.

Priya baute ihre Rampe aus der Plastikschale mit einem Klotz darunter auf. Das war ihre Lieblingskombi.

Diesmal kam ihre ganze Klasse, um zuzusehen.

»Bereit?«, fragte sie.

»Bereit!«, riefen sie.

Flashbolt sauste die Rampe hinunter und flitzte über den trockenen Gehweg. Er hielt erst an, als er sanft gegen das Gras tippte.

»Perfekter Lauf!«, rief Priya. Ihre Freunde klatschten und jubelten.

»Du hast eine Rampe gebaut, die bei Regen *und* bei Sonne funktioniert«, sagte Avi stolz.

»Ich habe das mit der Neigung, der Geschwindigkeit und der Reibung kapiert«, sagte Priya.

»Wissenschaft auf Rädern!«, sagte June.

Priya lächelte. »Man muss es nur immer und immer wieder versuchen.«

Aufgabe erfüllt!

Fragen zum Nachdenken:

1. Warum kam Priyas Auto am Anfang der Geschichte nicht weit?

2. Was haben Priya und ihr Bruder verändert, damit das Auto weiterfährt?

3. Was passierte, als sie die Rampe zu steil machten?

4. Was passierte, als die Rampe zu flach war?

5. Was hast du schon einmal mehrfach ausprobiert, um es besser zu machen?

Reibungs-Forscher-Herausforderung:

Versuche, zu Hause deine eigene Rampe zu bauen. Teste verschiedene Oberflächen (Papier, Plastik, Stoff) und Winkel. Was sorgt dafür, dass Dinge schneller oder langsamer werden?

Du hast dir den Geschwindigkeits- & Neigungs-Detektiv-Schild verdient!

TEIL VIII

DARIO UND DIE KOMPOST-KRABBLER

39

Als Ms. Rivera eine große Plastiktonne ins Klassenzimmer rollte, fand Dario das schon nicht gut. Die Tonne machte bei jedem Holpern ein leises, schwappendes Geräusch, als ob etwas Nasses darin herumschwappte.

»Wir starten ein Kompostprojekt!«, verkündete sie fröhlich und stellte die Tonne bei den Fenstern ab.

Dario rümpfte die Nase. »Kompost? Ist das nicht einfach nur … vergammeltes Essen?«

»Genau«, sagte Ms. Rivera lächelnd. »Aber es ist auch ein Wissenschaftslabor, direkt hier bei uns im Klassenzimmer. Wir werden beobachten, wie Essensreste sich zersetzen und zu reichhaltiger, gesunder Erde werden.«

Das Wort »reichhaltig« half auch nicht. Dario stellte sich einen Haufen alter Apfelbutzen vor, die zu Matsch wurden.

Er meldete sich. »Müssen wir das anfassen?«

Ms. Rivera kicherte. »Nur, wenn du willst. Aber ich verspreche dir, es geht nicht nur ums Verrotten. Es geht ums Leben.«

Dario war nicht überzeugt. Vor allem nicht, als sie den Deckel öffnete ... und er sah, was drin war.

Bananenschalen. Eierschalen. Schleimige grüne Stücke, die vielleicht mal Salat gewesen waren. Und Insekten. So viele Insekten. Kleine weiße Würmchen. Krabbelnde braune Käfer.

Ein warmer, erdiger Lufthauch entwich.

»Eklig«, flüsterte er und wich zurück.

40

———

Jeder Schüler bekam ein Kompost-Tagebuch. Sie sollten den Behälter zweimal pro Woche kontrollieren und ihre Beobachtungen aufschreiben.

Dario wollte den Behälter nicht kontrollieren.

Aber sein Tisch bekam am Dienstag Wurmdienst. Und Frau Rivera sagte, er dürfe Handschuhe tragen.

»Komm schon, so schlimm ist es nicht«, sagte seine Freundin Layla, als sie neben dem Behälter knieten.

Dario hielt den Atem an, als sie den Deckel anhob.

Dort, mitten in den Essensresten, waren zappelnde, rosabraune Würmer. Sie gruben sich durch Salat und matschige Melonenschalen.

»Ich glaube, ich kippe gleich um«, sagte Dario.

»Sieh nur, wie die loslegen!«, sagte Layla. »Sie fressen das! Das machen Würmer *eben*.«

Dario starrte. Die Würmer saßen nicht nur einfach da. Sie schlängelten sich hinein und hinaus, fraßen winzige Bissen und vermischten die Essensreste mit der Erde.

»Warte«, sagte er langsam. »Sie sind ja irgendwie ... am Arbeiten.«

»Total«, sagte Layla. »Sie sind die Putzkolonne der Natur.«

Dario beugte sich näher. »Okay. Das ist irgendwie cool.«

41

In der zweiten Woche war es Dario, der den Deckel anhob. Diesmal trug er nicht einmal Handschuhe!

»Wow«, sagte er. »Sieh dir das an!«

Winzige weiße Tierchen huschten durch die Abfälle. Manche hatten Flügel. Manche zappelten nur.

»Das sind Springschwänze«, sagte Ms. Rivera und spähte ihm über die Schulter. »Und das ist eine Kellerassel. Und das – siehst du das Glänzende da? Das ist eine Käferlarve.«

»Haben Käfer Babys im Kompost?«, fragte Dario.

Ms. Rivera nickte. »Hier leben eine Menge kleiner Tierchen. Sie alle spielen eine Rolle.«

Dario kritzelte in sein Tagebuch: Kompost-Logbuch, Tag 6. Würmer, Kellerasseln, Insekten mit Flügeln gesehen. Alle krabbeln durch Bananenschalen. Da drin ist eine richtige Party.

Er hielt inne und fügte hinzu: Riecht ein bisschen nach nassen Socken. Aber nicht das Schlimmste.

42

Eines Nachmittags schrieb Frau Rivera ein großes Wort an die Tafel: DESTRUENTEN

»Das sind Organismen, die tote Pflanzen und Tiere zersetzen«, erklärte sie. »In unserem Kompostbehälter gehören dazu Würmer, Insekten und sogar winzige Mikroben, die man nicht sehen kann!«

Dario meldete sich. »Wie Bakterien?«

»Genau!«, lächelte Frau Rivera. »Sie helfen dabei, Essensreste in etwas Nützliches zu verwandeln: Komposterde.«

Layla fügte hinzu: »Wie Recycling, nur für Erde.«

»Das stimmt«, sagte Frau Rivera. »Diese Erde hilft neuen Pflanzen beim Wachsen. Der Kreis schließt sich.«

Dario klopfte mit seinem Stift. »Also, Moment mal ... wenn ich eine Bananenschale wegwerfe, könnte sie zu *Pflanzennahrung* werden?«

»Wenn du sie kompostierst«, sagte Frau Rivera.

Dario grinste. »Wahnsinn.«

43

Bis zur dritten Woche fing der Kompostbehälter an zu *dampfen*, wenn sie den Deckel öffneten.

»Soll das … so sein?«, fragte Dario.

»Jep!«, sagte Ms. Rivera. »Das bedeutet, dass die Mikroben fleißig arbeiten.«

»Die machen *Wärme*?«, sagte Layla.

»Genau! Das nennt man *Zersetzung*. Wenn Mikroben Dinge zersetzen, setzen sie Energie frei, was den Haufen aufwärmt.«

Dario beugte sich vor. »Das ist wie Wissenschafts-Magie.«

Er streckte die Hand aus und berührte ein Einstichthermometer. »Da drin sind es fast 32 Grad!«

Layla gab noch etwas Papierschnipsel hinzu, um die Mischung auszugleichen.

Dario schrieb in sein Tagebuch: Tag 12. Unser Kompost ist WARM. Die Insekten sind fleißig. Die Würmer sausen herum. Okay, vielleicht sausen sie nicht. Aber sie tun eine MENGE.

44

———

Woche vier. Der Behälter sah nicht mehr eklig aus.

Die meisten Essensreste hatten sich zersetzt. Das schleimige Grün war braun geworden. Der Geruch? Erdig. Wie bei einem Spaziergang im Wald.

»Es ist ... Erde«, flüsterte Dario.

Sie schaufelten etwas davon in kleine Töpfe und pflanzten Bohnensamen.

»Früher dachte ich, Kompost wäre ekelhaft«, sagte Dario zu Ms. Rivera. »Jetzt ist es so wie ... Wow. Es ist *Leben*.«

Sie nickte. »Du hast es ja selbst miterlebt.«

Er blickte auf einen Wurm in seiner Hand. »Dieser kleine Kerl hat so viel geleistet.«

45

Einen Monat, nachdem sie angefangen hatten, veranstaltete die Klasse ein Kompostfest.

Eltern kamen. Andere Klassen ebenfalls. Dario und Layla leiteten die »Kompost-Krabbeltier-Tour«.

»Das ist unser Behälter«, sagte Dario stolz. »Er fing mit Essensresten an und jetzt ist es Erde.«

Layla fügte hinzu: »Wir haben Würmer, Käfer und Insekten beobachtet, die dabei geholfen haben, alles zu zersetzen.«

»Und vergesst die Mikroben nicht«, sagte Dario. »Sie sind klein, aber oho.«

Sie zeigten den Besuchern den warmen Kompost und die gesunden Bohnenpflanzen. Dann schauten sie sich einen Objektträger mit Bakterienkulturen unter dem Mikroskop an.

Ms. Rivera gab jedem Schüler einen Anstecker, auf dem stand: Ich liebe Zersetzer.

Dario steckte seinen an und lächelte. »Nicht schlecht für etwas, das ich früher eklig fand.«

Mission abgeschlossen!

Fragen zum Nachdenken:

1. Was fand Dario am Anfang der Geschichte eklig?

2. Welche Arten von Tierchen hat er im Kompostbehälter gefunden?

3. Was tun Zersetzer in der Natur?

4. Warum sind Zersetzer für einen gesunden Boden wichtig?

5. Wenn du deinen eigenen Komposthaufen anlegen würdest, welche Reste würdest du hinzufügen und was könntest du darin entdecken?

Zersetzer-Detektiv-Herausforderung:

Starte zu Hause ein Mini-Kompost-Experiment in einem durchsichtigen Behälter. Füge Obstabfälle, Blätter und Erde hinzu. Beobachte, was mit der Zeit passiert!

Du hast dir das Boden- & Abfall-Detektivschild verdient!

TEIL IX

MILO UND DIE MONDSCHEINWACHE

46

———

Milo lehnte sich gegen das Autofenster, als seine Familie nach Omas Geburtstagsessen in die Einfahrt fuhr. Sein Bauch war voller Kuchen und seine Augen fielen ihm fast zu ... bis er aufblickte.

»Wow«, flüsterte er und starrte zum Himmel.

Der Mond war hell und rund! Er war so rund, dass er wie ein leuchtender Keks am Himmel aussah, der tief und golden über den Dächern hing.

»Heute Nacht ist Vollmond«, sagte sein Papa und stieg aus dem Auto. »Siehst du die Schatten auf der Oberfläche? Die kommen von den Kratern.«

Milo nickte langsam. »Aber ... war der Mond letzte Woche nicht nur halb voll?«

Sein Papa lächelte. »Das hast du dir gut gemerkt.«

»Also verändert er sich?«, fragte Milo und blinzelte durch die Windschutzscheibe. »Ist das normal?«

»Das ist es«, sagte sein Papa. »Der Mond folgt einem Muster. Wollen wir es gemeinsam beobachten?«

Milo grinste und stellte sich ein Mond-Tagebuch vor. »Ja!«

Die Nacht fühlte sich irgendwie stiller an, fast so, als würde der Mond lauschen.

47

————————

Am nächsten Abend saßen Milo und Dad mit einer Taschenlampe, einem Notizbuch und einem alten Fernglas auf der Veranda. Grillen zirpten im Gras und die Luft roch nach feuchtem Laub und Geißblatt.

»Jede Nacht zeichnen wir, was wir sehen«, sagte Dad und richtete die Taschenlampe so aus, dass sie nicht direkt in den Himmel leuchtete.

Milo schlug das Notizbuch auf und schrieb auf die erste Seite: MONDBEOBACHTUNGS-LOGBUCH – Tag 1

Mondform: Großer Kreis. Sehr hell.

Oberfläche: Ich sehe ein paar Punkte und einen dunklen Fleck auf der rechten Seite.

Er fügte eine Skizze eines runden Mondes mit Sprenkeln wie Sommersprossen und einem verschmierten Schatten nahe dem Rand hinzu.

»Was meinst du, wie er morgen aussehen wird?«, fragte Dad.

»Ich weiß es nicht«, sagte Milo mit leuchtenden Augen. »Aber das
werde ich herausfinden.«

48

m Tag 3 sah der Mond … kleiner aus?

»Da fehlt ein Stück!«, sagte Milo.

»Er fängt an, *abzunehmen*«, erklärte Papa. »Das bedeutet, er bewegt sich vom Vollmond zum Neumond.«

Milo kritzelte in sein Notizbuch. Mondform: Etwas weniger rund als gestern. Rechte Seite schrumpft.

Jede Nacht schauten sie zu. Manchmal war der Himmel bewölkt, und Milo musste raten. Aber die meisten Nächte waren klar, und er bemerkte jedes Mal etwas Neues.

»Ich glaube, die Schatten kriechen nach links«, sagte Milo an Tag 5.

»Ausgezeichnete Beobachtung«, sagte Papa.

»Und der Mond geht immer später auf!«

»Du wirst ja ein richtiger Mond-Detektiv.«

49

———

n Tag 14 rannte Milo nach draußen und blinzelte zum Nachthimmel hinauf. Die Luft war klar und frisch und die Baumäste wiegten sich sanft im Wind.

»Warte ... wo ist er?«

Kein leuchtender Keks. Kein Halbmond. Nur ein samtschwarzer Himmel, übersät mit Sternen, wie winzige Nadelstiche in einem Vorhang.

Er eilte zurück ins Haus. »Papa! Der Mond ist weg!«

Papa kicherte. »Das ist der Neumond. Er ist immer noch da oben, aber wir können ihn nicht sehen, weil die Sonne die Seite beleuchtet, die von uns abgewandt ist.«

Milo malte einen großen schwarzen Kreis in sein Notizbuch und schrieb: Tag 14: Mond unsichtbar. Neumond. Irgendwie gruselig.

»Also wird er kleiner und verschwindet dann?«, fragte er mit gerunzelter Stirn.

Papa nickte. »Aber beobachte ihn weiter. Er fängt bald wieder an zu wachsen.«

Milo lächelte und blätterte schon zur nächsten leeren Seite.

50

Und tatsächlich, ein paar Nächte später, tauchte wieder eine schmale Mondsichel auf, diesmal auf der *anderen* Seite.

»Er ist ja andersrum!«, sagte Milo. »Jetzt ist die *linke* Seite dunkel und die *rechte* ist hell.«

»Das nennt man *zunehmend*«, sagte Dad. »Das bedeutet, der Mond wird wieder voller.«

Milo nickte und machte einen Eintrag in sein Logbuch. Tag 17: Schmale Mondsichel. Rechte Seite hell. Er kommt zurück!

»Alle 29,5 Tage«, sagte Dad, »vollendet der Mond seinen Zyklus.«

»Also... ungefähr einmal im Monat?«, fragte Milo.

»Genau.«

Milo lehnte sich auf der Verandastufe zurück. »Das ist ja, als ob der Mond jeden Monat Geburtstag hat.«

51

Bis zur dritten Woche hatte Milo die Veranda in ein richtiges »Mondlabor« verwandelt.

Er hatte ein Fernglas, sein Logbuch, eine Taschenlampe, eine Thermoskanne mit Kakao und eine rote Decke für kalte Nächte.

Er bastelte sogar eine Tabelle aus Pappe, die die acht Phasen des Mondes zeigte:

- Neumond
- Zunehmende Mondsichel
- Erstes Viertel
- Zunehmender Halbmond
- Vollmond
- Abnehmender Halbmond
- Letztes Viertel
- Abnehmende Mondsichel

Jede Nacht hakte er eine Phase ab und zeichnete, was er sah.

»Du betreibst ja richtige Wissenschaft«, sagte Papa.

»Ich lerne eine *Menge*«, sagte Milo. »Und nicht nur über den Mond.«

52

In der Schule fragte Milo seinen Lehrer, ob er im Sachunterricht sein Mond-Tagebuch vorstellen dürfe.

Er zeigte seine Zeichnungen und erklärte die Phasen.

»Wusstet ihr, dass der Mond nicht von selbst leuchtet?«, sagte Milo zu seiner Klasse. »Er *reflektiert* das Sonnenlicht. Deshalb sehen wir verschiedene Formen, je nachdem, wo sich der Mond gerade auf seiner Umlaufbahn befindet.«

Er ließ sogar seine Mondphasen-Tafel aus Pappe herumgehen.

»Das ist beeindruckend«, sagte sein Lehrer. »Wie bist du denn darauf gekommen?«

»Mein Papa und ich haben angefangen, ihn zusammen zu beobachten«, sagte Milo. »Jetzt ist das unser gemeinsames Ding.«

53

 n Tag 30 saßen Milo und Papa auf der Veranda, als der Mond aufging, rund und hell, genauso wie in der Nacht, als sie anfingen.

»Wieder voll«, flüsterte Milo.

»Der Kreis schließt sich«, sagte Papa.

Milo schlug sein Logbuch auf der letzten Seite auf, um eine letzte Notiz zu schreiben. Tag 30: Wieder Vollmond. Ich habe alle Phasen verfolgt. Ich habe ihn wachsen, schrumpfen und wieder wachsen sehen. Es ist, als ob der Mond atmet.

Er blickte zum Himmel auf. »Du hattest recht, Papa. Er *folgt* tatsächlich einem Muster.«

Papa lächelte. »Und du hast es selbst herausgefunden.«

Milo sah sein Logbuch an und hielt es stolz in die Höhe.

»Jetzt muss ich das Ganze nächsten Monat nur wieder machen.«

. . .

Quest abgeschlossen!

Fragen zum Nachdenken:

1. Was hat Milo überhaupt erst neugierig auf den Mond gemacht?

2. Welche Hilfsmittel hat Milo benutzt, um die Mondphasen zu beobachten und zu verfolgen?

3. Was bedeutet es, wenn der Mond zu- oder abnimmt?

4. Warum sehen wir nicht jede Nacht dieselbe Mondform?

5. Wenn du den Mond eine Woche lang verfolgen würdest, welche Veränderungen könntest du bemerken?

Mondlicht-Herausforderung:

Versuche, eine Woche lang dein eigenes Mond-Logbuch zu führen. Zeichne jede Nacht die Form des Mondes und schreibe auf, was du siehst!

Du hast dir den Mondphasen-Detektiv-Schild verdient!

THEO UND DAS RÄTSEL DER PFÜTZE

54

Regen peitschte in wilden, seitlichen Schlieren gegen das Fenster. Der Donner grollte wie der Magen eines Riesen. Theo drückte seine Nase gegen das Glas und beobachtete, wie das Wasser in Zickzacklinien hinunterrann.

»Der beste Sturm des ganzen Frühlings«, flüsterte er mit großen Augen.

Schließlich zogen die Wolken davon und die Sonne lugte hervor. Theo stürzte in seinen Stiefeln nach draußen. Er fing an, überall auf dem Gehweg, in der Einfahrt und im Garten durch die Pfützen zu platschen.

Aber eine Stunde später passierte etwas Seltsames.

»Warte mal ... wo sind die hin?«

Die große Pfütze neben dem Briefkasten war fast verschwunden. Die in der schattigen Ecke des Gartens war noch tief. Und die winzige neben dem Gehweg war komplett verschwunden.

Theo kauerte sich daneben und stocherte auf dem feuchten Beton herum. Die Sonne wärmte seine Schultern. »Hier ist irgendetwas im Gange«, murmelte er. »Und ich werde dahinterkommen.«

Drinnen schnappte sich Theo Papier, Buntstifte und ein Lineal.

»Ich werde das Rätsel lösen«, sagte er. »Wohin die Pfützen verschwinden. Und *warum* sie verschwinden.«

Er zeichnete schnell eine Karte von seinem Vorgarten und markierte sechs Pfützenstellen mit großen blauen Punkten. Er beschriftete jede einzelne:

1. Bürgersteig-Pfütze

2. Einfahrt-Pfütze

3. Briefkasten-Pfütze

4. Rasen-Pfütze (Sonne)

5. Rasen-Pfütze (Schatten)

6. Baumwurzel-Pfütze

Dann holte er eine Stoppuhr und ging wieder nach draußen.

»Wissenschaftsmodus: AN«, sagte er.

Er überprüfte jede Pfütze und stoppte die Zeit, die sie brauchte, um zu verschwinden – oder zu *verdunsten*, wie er es in einem Buch aus der Bücherei gelesen hatte.

56

Eifrig kehrte Theo stündlich zu seinen Pfützenstellen zurück.

Bis zum Mittagessen waren zwei verschwunden. Bis zum Nachmittagssnack, vier. Die letzten beiden, die beim Baum und die im schattigen Gras, hielten sich noch.

Er kritzelte Notizen in sein Pfützen-Logbuch:

- Gehweg-Pfütze: Als Erste verdunstet. Viel Sonne. Beton.
- Einfahrt-Pfütze: Als Zweite weg. Dunkler Belag – wird vielleicht heißer?
- Briefkasten-Pfütze: Mittelgroße Pfütze. Nach 2 Stunden verdunstet.
- Gras-Pfütze (Sonne): Hat länger gedauert, ist aber trotzdem verschwunden.
- Gras-Pfütze (Schatten): Immer noch da!
- Baumwurzel-Pfütze: Immer noch feucht – trocknet sehr langsam.

Theo tippte mit seinem Bleistift. »Sonnenlicht ... Oberfläche ... Temperatur ...«

Er grinste. »Das ist ein Muster!«

57

An diesem Wochenende machte Theo aus seiner Pfützenbeobachtung ein richtiges Wissenschaftsprojekt.

Er bastelte ein dreiteiliges Poster und gab ihm den Titel:
DAS PFÜTZEN-RÄTSEL

Was lässt Wasser verschwinden?

Den Titel verzierte er mit blauen Regentropfen und Sonnenstrahlen, die er mit Filzstiften gemalt hatte. Darunter fügte er seine handgezeichnete Karte und eine Zeittabelle hinzu. Er beschriftete Skizzen, die die verschiedenen Pfützenorte zeigten: Auffahrt, Gehweg, Briefkasten, schattiger Garten.

Er malte sogar mit Buntstiften ein farbenfrohes Balkendiagramm, um zu zeigen, wie lange jede Pfütze hielt.

»Die Verdunstung geht an warmen, sonnigen Orten schneller«, schrieb er. »Oberflächen wie Beton oder Asphalt heizen sich auf und helfen dem Wasser, sich in Gas zu verwandeln. Im Schatten halten sich Pfützen länger, weil es dort weniger Wärme und Sonne gibt.«

Er unterstrich alles mit Grün: WISSENSCHAFT = MUSTER + BEOBACHTUNG

Dann trat er einen Schritt zurück und lächelte. »Rätsel gelöst.«

Gerade als Theo dachte, er hätte die Pfützen durchschaut, passierte etwas Unerwartetes.

Am Montagnachmittag bildete sich unter den Schaukeln im Park eine neue Pfütze. Es hatte nicht geregnet, aber die Rasensprengeranlage war an diesem Morgen gelaufen.

»Die hier ist knifflig«, sagte Theo. »Sie ist halb in der Sonne, halb im Schatten.«

Er holte sein Notizbuch.

Nach 30 Minuten wurde die sonnige Seite schnell kleiner.

Nach einer Stunde war sie verschwunden.

Aber die schattige Hälfte? Immer noch da.

»Ich *wusste* es!«, sagte Theo. »Sonnenlicht ist ein entscheidender Faktor.«

Er fügte seinem Protokoll eine Notiz hinzu: Selbst eine geteilte Pfütze zeigt unterschiedliche Geschwindigkeiten. Cool.

59

Eine ganze Woche lang setzte Theo seine Pfützen-Patrouille fort.

An manchen Tagen war es bewölkt und die Pfützen hielten sich länger. An anderen Tagen war es superheiß und die Pfützen verschwanden wie von Zauberhand.

Er fing an, ein Thermometer zu benutzen und fügte seinem Protokoll eine Zeile für den »Himmelszustand« hinzu:

- Sonnig
- Bewölkt
- Windig
- Feucht

»Die Luft spielt auch eine Rolle«, erklärte er eines Abends seiner Mama. »Heiße Luft kann mehr Wasser aufnehmen, also zieht sie die Feuchtigkeit schneller aus den Pfützen.«

»Wow«, sagte sie. »Ich dachte, Pfützen verschwinden einfach von selbst.«

»Tun sie auch«, sagte Theo. »Aber nicht einfach so. Sie *verdunsten*. Das ist ein wissenschaftliches Wort für ›sich in Dampf verwandeln‹.«

60

Theo brachte sein Projekt am Freitag mit in den Unterricht.

Er stand mit seiner Pfützenkarte und seinem Notizbuch vor der Tafel, während sein Poster neben ihm auf einer Staffelei lehnte. Leuchtend blaue Pfeile zeigten von Pfützen zu Wolken.

»Wusstet ihr, dass Pfützen nicht einfach nur im Boden versickern?«, sagte er und tippte auf sein Schaubild. »Sie verdunsten! Das heißt, sie verwandeln sich in Wasserdampf und steigen in die Luft auf.«

Er erklärte, wie Sonnenlicht, Temperatur, Wind und die Oberfläche alle eine Rolle spielten. Er zeigte auf sein Balkendiagramm. »Dunkle Oberflächen absorbieren mehr Wärme«, sagte er. »Schattige Stellen verlangsamen die Verdunstung. Der Wind hilft auch. Er schiebt den Dampf weg und macht Platz, damit mehr aufsteigen kann.«

Er reichte sogar einen kleinen Schwamm und einen warmen Stein herum, um Wärme und Absorption zu demonstrieren.

Theo schloss mit einem Lächeln. »Pfützen sind also nicht nur nass. Sie sind ein Teil des Wasserkreislaufs.«

Seine Klasse klatschte und Ms. Rivera strahlte. »Das nenne ich Wissenschaft in Aktion!«

61

Nach der Schule ging Theo zurück in den Park. Die Schaukeln quietschten immer noch und die Pfütze vom Rasensprenger war längst verschwunden.

Er blickte zu den Wolken hoch, die über den Himmel zogen.

»Ein Teil von diesem Wasser könnte aus *meinen Pfützen* sein«, sagte er.

»Pfützen verdunsten ... Dampf steigt auf ... Wolken bilden sich ... und dann regnet es wieder.«

Er grinste.

»Und dann kommen die Pfützen zurück.«

Theo setzte sich ins Gras und schlug sein Notizbuch auf der letzten Seite auf.

Schlussfolgerung: Jede Pfütze ist ein Rätsel, aber wenn man beobachtet, misst und Fragen stellt, kann man das Geheimnis lüften. Wissenschaft ist *überall*. Sogar in etwas so Kleinem wie einem Spritzer.

. . .

Abenteuer abgeschlossen!

Fragen zum Nachdenken:

1. Was hat Theos Neugier auf die Pfützen überhaupt erst geweckt?

2. Welche Hilfsmittel hat Theo benutzt, um seine Pfützenbeobachtungen festzuhalten?

3. Warum sind manche Pfützen schneller verdunstet als andere?

4. Welche Faktoren können die Verdunstung verlangsamen?

5. Wenn du dein eigenes Pfützen-Experiment gestalten würdest, was würdest du untersuchen: die Oberfläche, die Sonne, den Wind oder etwas anderes?

Pfützen-Forscher-Herausforderung:

Versuche, deine eigene Pfützen-Karte zu erstellen. Überprüfe verschiedene Pfützen über den Tag hinweg und sieh nach, wie lange sie bestehen bleiben. Was beeinflusst sie am meisten?

Du hast den Verdunstungs-Detektiv-Schild verdient!

TEIL XI

LAYLA UND DAS GROSSE SEIFENBLASEN-HÜPFEN

62

Layla liebte Seifenblasen. Große. Klitzekleine. Wackelige. Solche, die bis in die Wolken schwebten. Doch heute wollte einfach keine gelingen.

PLATZ.

PLATZ.

PLATZ!

Sie pustete sanft durch ihren Pustering aus Plastik, doch die Blasen zerplatzten jedes Mal, bevor sie den Ring überhaupt verlassen hatten.

»Das geht so nicht«, murmelte sie. »Ich brauche eine Seifenblase, die hält. Ich will eine Seifenblase, die ich *hüpfen* lassen kann!«

Ihr Hund Pickle bellte von der Veranda, als wollte er ihr zustimmen.

Layla stapfte zu ihrer Seifenblasenflasche und prüfte das Etikett.

»Nur Seife und Wasser?«, sagte sie. »Das ist alles? Ich wette, Wissenschaftler kriegen das besser *hin*.«

Also schnappte sie sich ihre Schutzbrille, ihr Labor-Notizbuch und eine riesige Idee.

63

Layla saß am Küchentisch, vor ihr Schüsseln, Löffel und Zutaten, aufgereiht wie in einem Labor.

Ihre Mutter spähte herein. »Machst du ein wissenschaftliches Experiment?«

Layla nickte. »Ich werde das beste Seifenblasenrezept *aller Zeiten* entdecken. Ich teste die langlebige Sprungkraft.«

»Das hört sich gut an«, sagte ihre Mutter. »Soll ich dir beim Abmessen helfen?«

»Ja, bitte!«

Sie maßen eine Tasse Wasser in drei verschiedene Schüsseln ab. Dann gab Layla hinzu:

- Spülmittel in alle drei
- Zucker in die eine
- Maissirup in die andere
- Glyzerin (dank der Backzutaten ihrer Mutter) in die dritte

»Drei Testformeln«, sagte Layla. »Jetzt teste ich auf Stärke, Dehnbarkeit und Sprungkraft!«

<h1 style="text-align:center">64</h1>

Layla ging nach draußen und blies aus jeder Mischung drei Seifenblasen.

Formel A (Zucker) ergab kleine Blasen, aber sie zerplatzten schnell. Formel B (Maissirup) ergab stabile Blasen, aber sie sackten in sich zusammen und schwebten nicht gut. Formel C (Glyzerin) ergab große, glänzende Blasen, die wie Öl auf Wasser schimmerten.

»JA!«, jubelte Layla, als eine durch den Garten schwebte. Sie hielt *ganze fünf Sekunden*, bevor sie zerplatzte.

Pickle sprang hoch und schnappte danach.

Layla grinste. »Und jetzt probieren wir einen SPRUNG!«

Sie zog sich einen Handschuh an, blies vorsichtig eine weitere Blase aus Formel C und fing sie auf ihrer Handfläche auf.

Sie hielt.

Sie *sprang*.

Sie schrie. »WISSENSCHAFTLICHER ERFOLG!«

An diesem Abend fügte Layla ihrem Notizbuch weitere Notizen hinzu:

Zucker = zu klebrig

Maissirup = schwer

Glyzerin = am besten!

Sie zeichnete das Schaubild einer Seifenblase: eine dünne Schicht aus Seife und Wasser mit Luft im Inneren.

»Die Oberflächenspannung ist das, was sie zusammenhält«, schrieb sie. »Glyzerin hilft dabei, das Wasser vor dem Austrocknen zu bewahren. Das macht die Blasen dehnbarer und haltbarer.«

Sie umkringelte es mit Sternen und versah die Seite mit der Überschrift: OBERFLÄCHENSPANNUNG = DER PRELLFAKTOR

Dann setzte sie sich ein neues Ziel: »Morgen versuchen, die *GRÖSST-MÖGLICHE* Seifenblase zu pusten.«

66

Tags darauf versuchte Layla es mit Trinkhalmen, Schneebesen, einer Plätzchenform, sogar einem Schaumlöffel.

Aber jedes Mal, wenn sie eine riesige Blase pustete ... PLATZ.

Oder schlimmer noch, sie blieb an ihrem Pustering kleben. Oder schwebte seitwärts in einen Rosenbusch. Oder landete direkt auf Pickles Nase.

»Das ist das reinste *Chaos*«, sagte Layla und warf ihren Trinkhalm hin.

Sie atmete tief durch. »Zeit für eine Variablen-Prüfung. Was ändere ich, das das Problem verursacht?«

Sie überlegte, dann tippte sie sich ans Kinn. »Ich brauche die *richtige Form*, mit *glatten Rändern* und einer *großen Schlaufe*. Etwas Starkes, aber Sanftes.«

Sie rannte ins Haus und holte einen Drahtkleiderbügel.

Layla bog den Draht zu einem großen Kreis und umwickelte den Griff mit Klebeband. Dann tunkte sie ihn in ihre Sieger-Formel C.

Der Seifenfilm schimmerte wie ein Regenbogen.

Sie trat in die Sonne und schwenkte den Stab sanft durch die Luft.

Eine riesige Seifenblase bildete sich. Sie war so groß, dass sie in Rosa-, Blau- und Goldtönen schimmerte.

Sie schwebte höher und höher … Und zerplatzte nicht!

»FLIEG, SEIFENBLASE, FLIEG!«, jubelte sie.

Pickle bellte wie verrückt, als die Seifenblase über den Zaun schwebte.

Layla blickte auf ihren Stab hinab. »Das«, flüsterte sie, »ist der *Große Seifenblasen-Tanz.*«

68

Die ganze Woche experimentierte Layla. Sie testete das Abprallen der Seifenblasen auf Gras, Holz und Stoff. Sie baute eine Zielscheibe, um die Blasen darauf landen zu lassen, und maß, wie lange sie hielten. Sie zog sich sogar Kuschelsocken an und versuchte, sie mit den Füßen zu fangen.

Weitere Notizen füllten ihr Logbuch:

- Wollhandschuhe = am besten zum Springenlassen
- Wind = schlecht
- Feuchte Tage = gut
- Warme Blasen = PLATZEN schneller
- Blase in einer Blase = braucht extra Glyzerin

Sie stellte ein endgültiges Rezept zusammen:

Laylas Sprungblasen-Formel

- 1 Tasse Wasser
- 4 Esslöffel Spülmittel

- 1 Esslöffel Glyzerin
- Vorsichtig umrühren. Für beste Ergebnisse 1 Stunde ruhen lassen.

Dann laminierte sie es und klebte es an den Kühlschrank in der Küche.

69

 n diesem Wochenende lud Layla ihre Freunde zur Seifenblasen-Hüpf-Show ein.

Sie baute drei Stationen auf:

1. Rezept-Testzone – Probiere verschiedene Mischungen aus

2. Hüpf-Plattform – Fange Seifenblasen mit Handschuhen

3. Mega-Pustering-Show – Schau, wie groß du sie machen kannst!

Ihre Freunde jubelten, als überall Seifenblasen schwebten. Pickle trug eine Seifenblasen-Schutzbrille und versuchte, jede einzelne anzubellen.

Layla stand mit ihrem riesigen Pustering auf einem Stuhl. »Macht euch bereit für ... das große Seifenblasen-Hüpfen!«

Sie tauchte den Pustering ein, wirbelte ihn durch die Luft und ließ eine *perfekte*, schimmernde Seifenblase steigen.

Sie hüpfte einmal auf ihrer Hand.

Zweimal auf ihrem Handschuh.

Dann – *plopp!* – auf dem Arm ihrer Freundin Maya.

Sie alle schrien und klatschten.

»Wissenschaft!«, rief Layla. »Sprudelnde, hüpfende Wissenschaft!«

Aufgabe erfüllt!

Fragen zum Nachdenken:

1. Was war Laylas erstes Problem mit ihren Seifenblasen?

2. Wie hat Layla verschiedene Seifenblasen-Rezepte und Werkzeuge getestet?

3. Welche Zutaten waren in ihrer erfolgreichsten Seifenblasen-mischung?

4. Was sorgte dafür, dass diese Seifenblasen länger hielten und hüpften?

5. Wenn *du* ein Seifenblasenlabor bauen würdest, welche Werkzeuge oder Oberflächen würdest du testen?

Seifenblasen-Herausforderung:

Kannst *du* deine eigene Sieger-Seifenblasenmischung entdecken? Probiere aus, ein paar verschiedene Zutaten wie Zucker, Honig oder Salz in deine Seifenblasenlösung zu mischen (frag aber zuerst einen Erwachsenen!). Teste jede einzelne und halte fest, welche Seifen-blasen am größten, am hüpffreudigsten oder am langlebigsten sind. Erstelle eine Tabelle oder zeichne deine Ergebnisse!

Bonus-Herausforderung:

Entwirf deinen eigenen Pustering mit Pfeifenreinigern, Plätzchenaus-stechern oder Draht. Welche Form funktioniert am besten? Kannst du eine *quadratische* Seifenblase machen?

Du hast dir das Abzeichen des Oberflächenspannungs-Detektivs verdient!

ABSCHLUSS

Gut gemacht, Entdecker. Du hast alle Quests abgeschlossen!

Ich hoffe, diese Leseabenteuer haben dir Spaß gemacht.

Jede Geschichte war in kleinere Kapitel unterteilt, um dich auf die längeren Bücher vorzubereiten, die du bald lesen wirst.

Es ist in Ordnung, wenn du ein paar neue Wörter entdeckt hast.

Neue Wörter zu lernen ist Teil des Abenteuers!

Welches Quest hat dir am besten gefallen?

Stell weiter Fragen, probiere weiter neue Dinge aus und entdecke immer weiter!